目录

第一季：他就是我所有诗歌中的那个你

第二季：你是我弹指岁月的时光别离

第三季:
有你的地方就是面对大海春暖花开

第四季:你是我心头之上的第一场雪

第一季

他就是我所有诗歌中的那个你

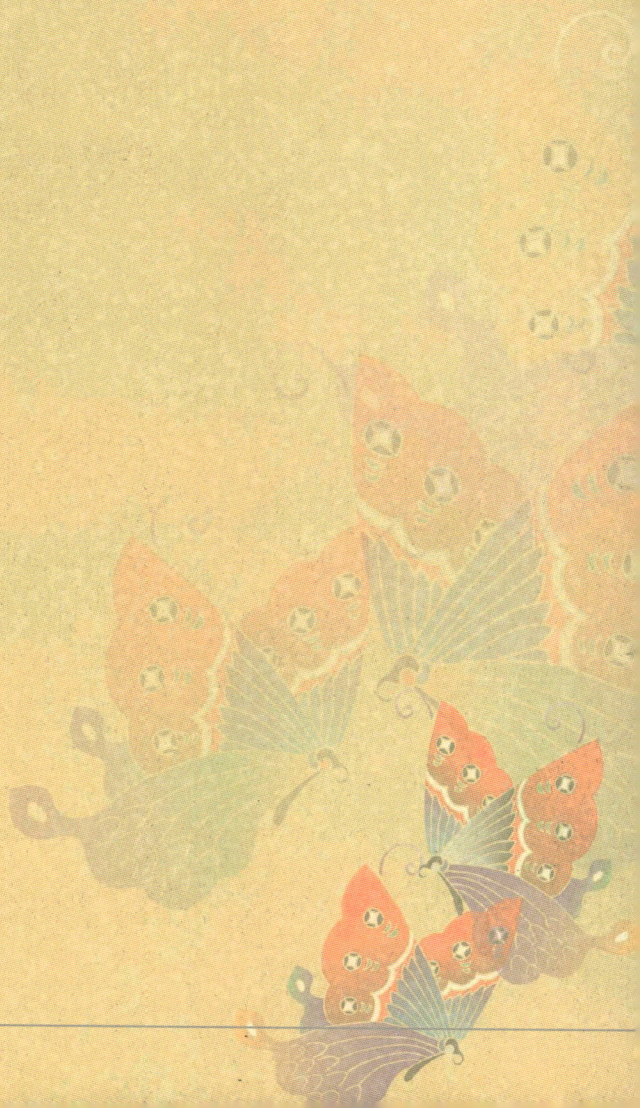

他就是我所有诗歌中的那个你

写完这首诗，长舒一口气。

也算是诠释一下众亲朋众诗友们总是对我黑丫诗歌里的那个"你"的猜忌和质疑吧。我知道我无论写多少个"你"，也写不清你的面容；我知道我无论写多少次"你"，也听不到你的回声；那是因为，我心中的"你"还不知道在哪里；那是因为，我生命里的"你"根本就不在我的诗歌里……

那么我的黑丫诗歌里真的没有"你"吗？我也常常这么问自己：有？还是没有？！我真的回答不了自己的问题。于是，我只好把"你"安放在诗歌的尾声里，因为他真的不是"你"！！！

提起笔来就写你

却不知道你是谁

你的身心又在哪里

你什么时候才能出现在我的生命里

每次写完一首诗

手里紧紧握着笔

注视着诗行里的那个你

想哭想笑又想狠狠地抓起你撕碎你

每当把你扔进垃圾筐的瞬间里

又蹲下来抱着双膝默默地看着你

你缩卷在我面前憨憨地与我对视

仿佛是在向我委屈地臣服；随便你处置

于是，我心里疼痛的无与伦比

我赶紧俯下身捧起你吻着你

一点一点地对接着你的幽怨

一片一片地粘合着我的相思

你是我所有诗歌中的哪个你呀？

经常光临我禅坐意象的境地

白天躲进我的影子里为我冥思创意

晚上又悄悄出来陪伴着我挑灯写诗

你是我所有诗歌中的那个你么？

你什么时候才能真实地闯进我的生活里

让我趴在你的肩膀上痛痛快快地哭泣

让你风霜的手轻轻地抚摸我的发髻

你是我所有诗歌中的哪个你啊？

点点滴滴都是我塑造你的综合素质

纵然我有掘地筑巢的滔天本领

也写不出一个神通广大面面俱到的你

所以，我只需要我所有诗歌中的一个你

金刚菩提的手里拎着后羿追日的大长弓

接过我抽身而出的那支天籁之音的响令箭

与我一起挥臂之间射出了时光如梭的传奇！

你在我无眠的夜里抄写心经

——有感丽姐在午夜抄写心经

今晚是夜深人静明月当空

有人应邀来访你家聊天品茗

家人打开门窗沏出清茶一盏

你打声招呼就躲进屋里抄写心经

门外欢声笑语茶香正浓

窗外皓月当空白云舞影

屋子里的你心潮澎湃难以平静

于是，你关上门提起笔来抄写心经

这就是你想要的生活吗？

只闻花香之语不入悲喜之声

品茶读书写诗不争朝夕之名

你善良的情怀让我看着都心疼

这就是你想要的未来吗？

时光如梭编织着你天涯的客厅

涛声依旧里你是旅行还是修行

其实你想了很久很久还是想不清

你就这样在灯火阑珊的地方徜徉

铺开纸，倒出墨，提起笔来抄写心经

你在写红尘滚滚流年岁月的风景

你在写尘世轮回沧海桑田的安宁

可是可是可是我眼中的你啊

我怎么看见了你握笔的手在颤抖

可是可是可是我心中的你啊

我怎么看见了你脸上的泪珠在滚动

有人问你这么晚了怎么睡了还要醒

你在空间里发首诗歌表达心境

你说你最怕有梦无眠风中求

你还说你更怕无梦无眠雨中等

我在你面前无来无往无常青

你在我的意象里无挂无碍无踪影

寂静的午夜仿佛一只禅指的手

捻着你一朵前世缔结今生缠枝的莲蓬

也许我是你一张铺开的陈年老宣纸

守候在你面前静静看着你随情任性

无需天长地久承诺命由己造的永恒

只求你接受相由心生荡然所至的飘零

就在你长叹一声前世修得波罗蜜

今生轮回再抄写心经放下毛笔的刹那间

我的情怀被你抄袭着风起一幡动一云涌

抄底的两颗心儿在午夜里顿时电闪雷鸣

你在尘世间修行真的很艰难

只是因为群里的声音太嘈杂

只是因为圈里的展览太耀眼

还是因为感觉到那双眼睛太深情

你急急忙忙关上门打坐冥想念经

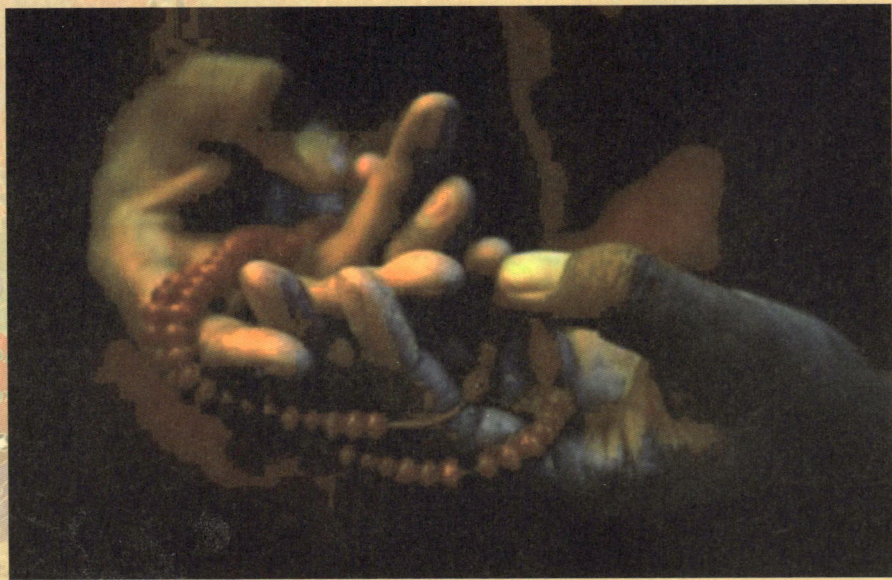

你修行的第一天过得很安静

打完了招呼就关掉了手机随身听

泡杯茶发着呆倾听窗外的雨水声

妄念又起的时候赶紧跪拜忏悔澄清

那晚的你心里第一次感觉空

空空的感觉又沉的很重很重

重的像夜空上面那轮圆圆的月

皎洁的脸庞隐藏着风雪的旅程

你修行的第二天起床的心情就爽朗

想开手机又缩回手哼着藏传的咒语

斟满水，点上灯，燃香拜佛还诵经

莲花盛开的梦境里因为你来又惊醒

这晚的你不顾毁约承诺的谴责

刚打开手机就傻傻地沉默着愣怔

里面猜测的内容宛如青藤般纵横

令你顷刻之间就升起千奇百怪的憧憬

今天是你在尘世间修行的第三天

一大早就起来翻箱倒柜找衣裳

对着群里的那个他真真假假的放话

来一次一起说走就走的旅行

这就是你在尘世间想着出世的修行

瞬息的念起只在刹那间就关闭了风景

再回首时你已经背起行囊在路上

千万里的追寻都找不到你的踪影

你在尘世间修行真的很艰难

却更不知你是否找到了那片世外的桃源

然后回来带上我挽起长发行走天涯

从此云里看雾雾里看花涉水彼岸渡此生

你曾经在前世埋葬过我

我只是看了你一眼

就将我的双眸灼痛

因为你曾经在前世埋葬过我

于是我在今生出现在你的梦境

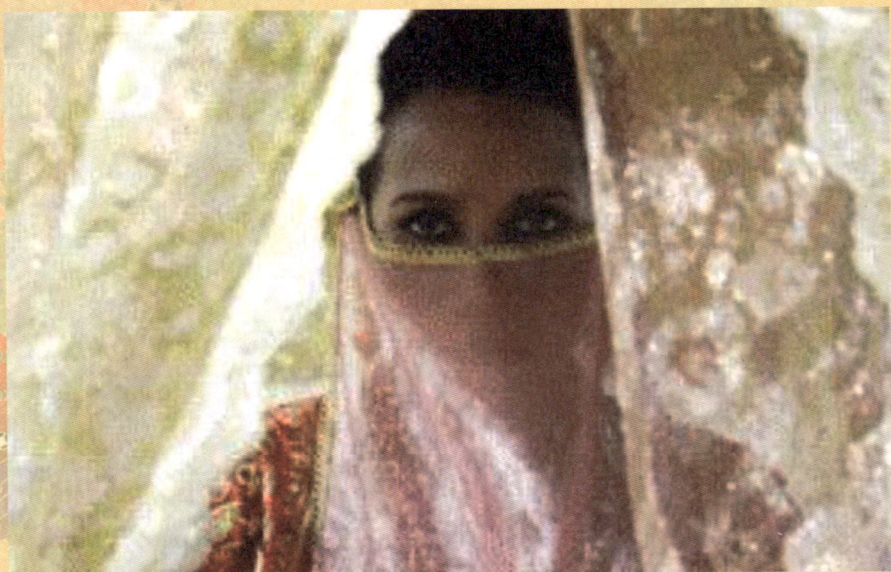

草堂伴着炉香飘忽不定

沙滩伴着海浪起伏心声

你与我一袭长衫已经很温馨

伤痕化作蝴蝶飞入你的禅定

时光短暂得在弹指间消融

慈悲的泪在感天动地中泛红

你转身而去的轻轻哀叹

深深地震撼了我的沉静

我在绝处遇见你而逢生

刹那的触碰仿佛电闪雷鸣

那一世你与我相隔一道门槛

这一生我来还你相思的窗棂

你是我身边的一棵树

看见你的第一眼

就像看见一棵树

在空旷的原野上

迎风招展着风景

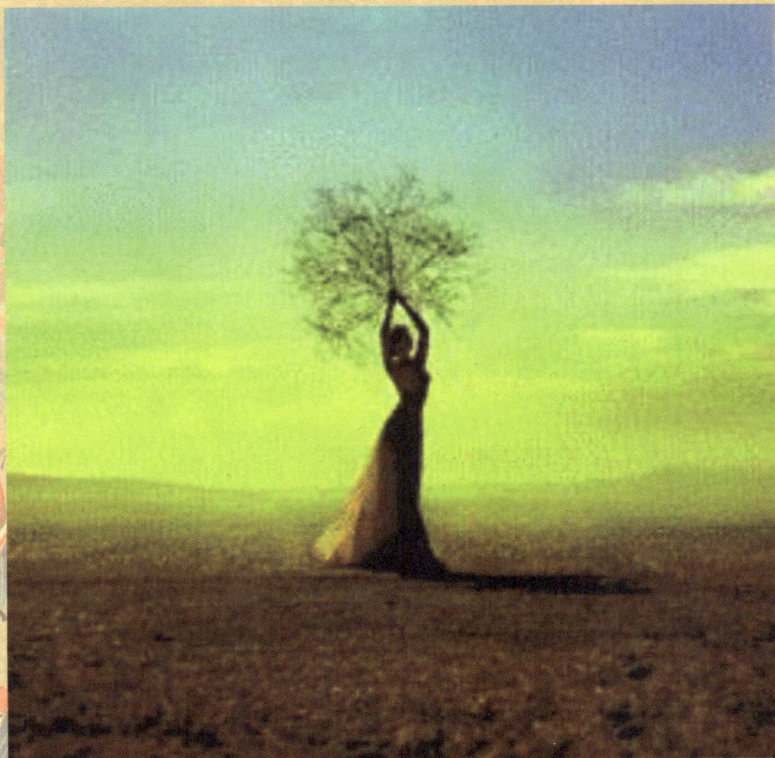

你一朝一夕悲喜无声

你一生一世觉悟修行

你不装不饰顺其旺盛

你唯我独尊伫立坛城

仰望你时纵横交错

依偎你时瞬间安宁

无论你移居在何处

从来没有离开我的心中

你是我身边的一棵树

你的前世就是我的今生

一半在泥土里沉睡冥想

一半在雾霾中迎接光明

我守候在你出入港湾的码头上

推开客船目送你远去

拴系缆绳盼着你回转

我守候在你出入港湾的码头上

日复一日年复一年

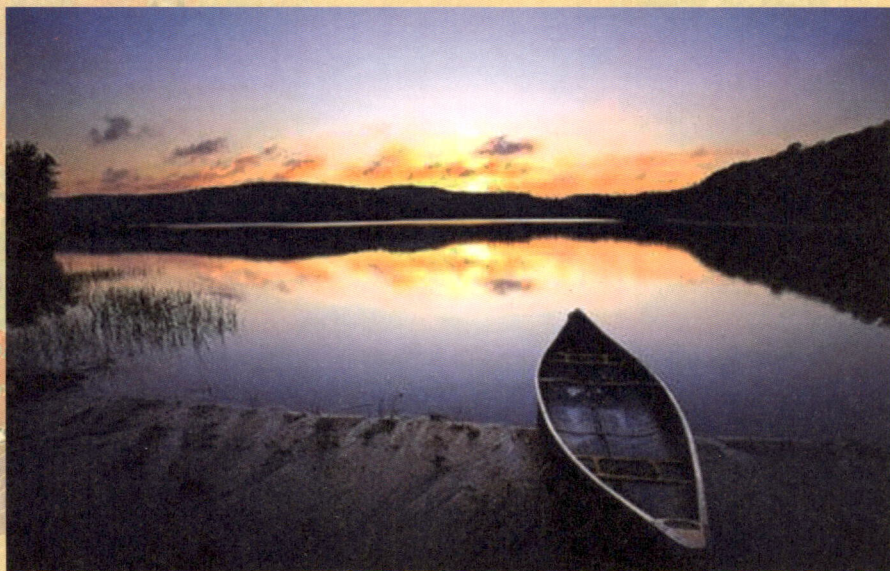

一帆风顺的时候

希望你诸事随缘

风起云涌的时候

期望你随遇而安

功名利禄转身即逝

荣华富贵过眼云烟

我守候在你出入港湾的码头上

只为了等你回来团圆

你走时雨露不沾

你回时风霜不染

我守候在你出入港湾的码头上

只为你痛不悲苦不言

握着你的手好温暖

我真的很想渡过彼岸

于是站在悬崖边顾盼

浏览的人群一簇簇一片片

走马观花地穿梭在眼前

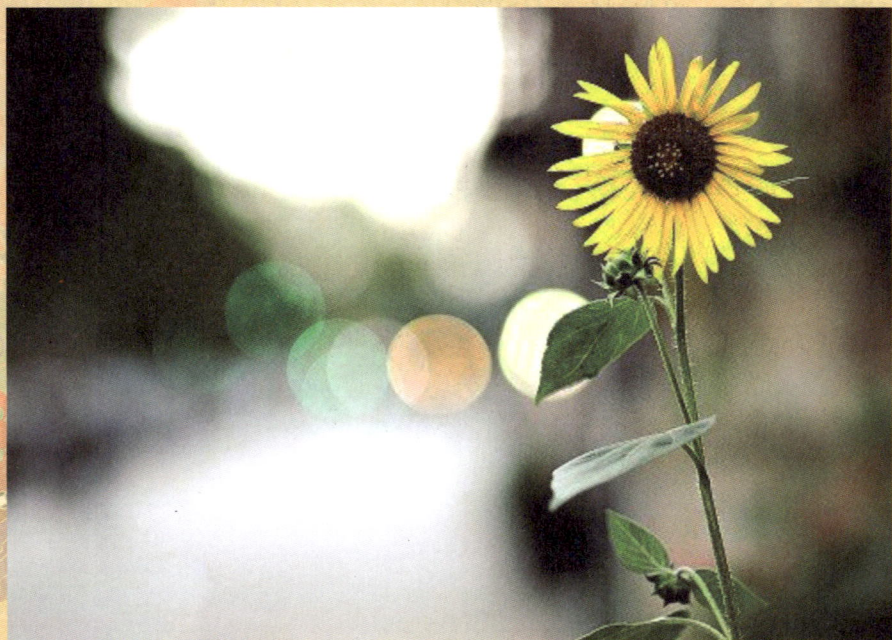

你径直地向我走过来

突然向我伸出一双手

惊诧的瞬间感觉你是那么的腼腆

就像经常出现在一个久违的梦境里面

我毫不犹豫地握住你

刹那的碰撞仿佛行云流水般舒卷

一汪深情被你深深地震撼

满腔心事被你紧紧地捏攥

此时此刻握着你的手好温暖

温暖得仿佛住在一座老屋里面

院子的外面围绕了一圈青藤的栅栏

土炕上的我再也不想走出你的视线

我的心瞬间被你融化

我是一粒落入世俗深处的尘埃

用尽全部的力气走不出你的雾霾

于是我只好趴在每一扇窗前

窥探路过的有情人回头看我一眼

终于在一个阴雨连绵的夜晚

我被一双闪烁的灯盏照亮容颜

最初的花朵被最终的你发现还原

我的心在瞬间被你融化了期盼

就这样被你牵着手乖乖跟着走

握着你的胆量折叠着我的猜想

我感受着被你体温包裹的温暖

从此我真的笑了笑得眉开目展

原来以为坚如磐石的心灵足以冰天

如同尘埃在浩渺的尘世里落定无言

到头来还是被你在无意中诡秘收敛

任凭我的情挥洒在写你的字里行间

被你牵手的刹那间

静思片刻就是日出月落

挥毫瞬间已经沧海桑田

我迷失在繁华的霓虹深处

被你牵手的刹那觉海无涯

生活琐事星星点点繁复

人生百态虚虚幻幻真假

我本来空穴来风地潇洒

却被你大梦初醒地嘈杂

翻过珍爱青花的收藏岁月

下辈子未必会遇见的禅机

在果报的洞穿中刚柔无瑕

你牵我手如佛般无碍无挂

相由我造了一个神话

境由你生了一段魔法

我被你牵手的刹那间

仿佛世尊手里那朵明心见性的莲花

最美的遇见

虽然遇见你已经很晚

但已经是我最美的华年

你举手投足之间的憨态

如同我是水你是泥的搅拌

虽然遇见你的时候很心酸

你还是深深地蜇伤我的双眼

我刚刚离开一座山的怀抱

驻足在海边疗养着的忧患

感恩因缘的豪爽馈赠

让我在最伤心的时候遇见你

你伸出手把哭泣的我拥抱胸前

从此也许最美丽的景致就在身边

感恩上苍的垂爱怜悯

让我在最绝望的时候遇见你

你面对我的任性却视而不见

与我倔强一番又将琐事殷勤包揽

推窗见你

在每一个黎明的清晨

我醒来后的第一件事

就是即刻推开虚掩的窗扇

希望窗外的你恰恰抬头相望

我用尽一夜的静谧积蓄给养

期望与你相见在每一个早上

禅指梳理子夜的每一朵花瓣

让她盛开在你转瞬的刹间安详

你还在闭关中责怪我吗？

如果漫长的昼夜不能凋谢幽怨

那你就把我磨成一串念珠吧

握在你的手里让我在揉搓中包浆

你还在冥想中执着我见吗？

如果清晨的朝阳不能注入你光芒

我推窗见不见你都一样

那些窗里的念想早已在窗外生香

第二季

你是我弹指岁月的时光别离

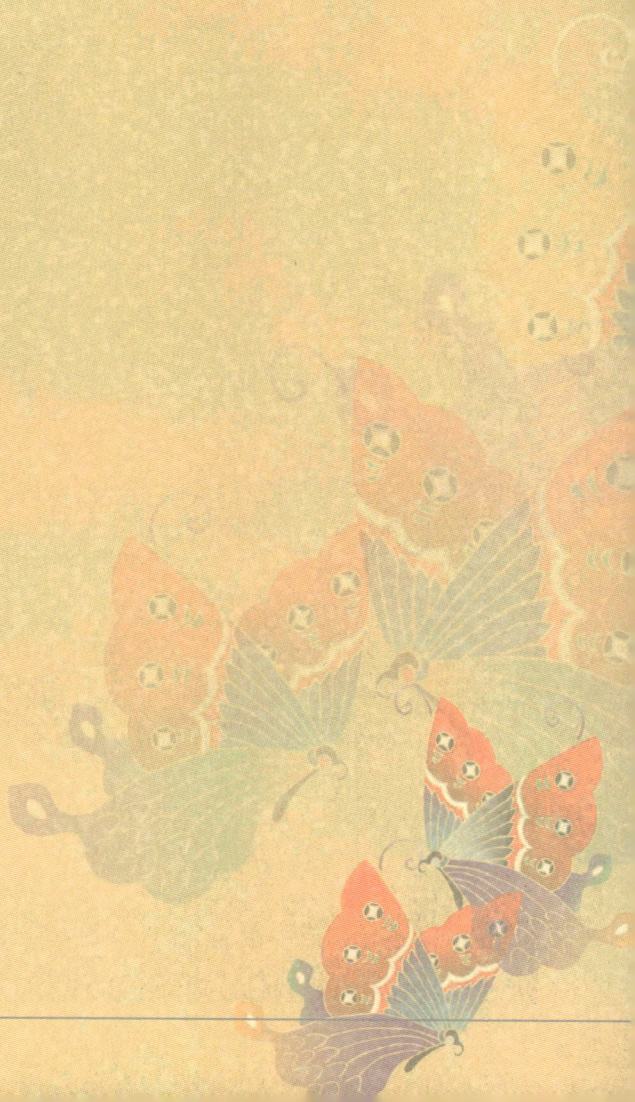

你是我弹指岁月的时光别离

你在光明的轮回里炽热辉煌

我在黑暗的遗失里清凉落寞

你亮着的时候目光炯炯的闪在天上

我黑着的时候心瓣朵朵的丢在夜里

一枝莲花为你缠缠绕绕地绽放至今

仍然不离不弃地蔓延着一条蹉跎的星河

我在水一方于情景里挥毫的刹那间

却不知该如何执笔来写彼岸深处的你

你从哪里而来？

旋转之间舞着一团炭火的空气

烤得我脸红心跳地毛孔张开大汗淋漓

我叠起关怀的衣裳只能匆匆忙忙地逃离

我也不知道自己究竟要去哪里

只是犹豫片刻才决定不能继续彼此对视

一念生起的时候就是一缕缕袅袅的思念

只要到点就会升腾起一片片炊烟的飘移

我真的不愿离开你

却又找不到你的家坐落在哪里

还有哪扇门锁留到今生最后专程为我开启

让我来卸下所有的诗歌全部简约了的珍惜

我是真的真的很歉意

无常的心常常被爱情支离破碎着游弋

抽身而出的瞬间里充满了一股酸涩的泪水

有些面目全非地为你滴成一串金刚的菩提

你究竟又是谁呢？

用结绳记事的日子穿越了我茂密的丛林

脚上裹着伏羲长老晾着的那堆树叶兽皮

颤颤悠悠地踏出了你一路的风生水起

我为什么要与你相遇碰撞呢？

干裂的手紧紧地握着那根仡立的苍穹拐杖

一段一段拴系着我储存着你守候着的能量

眺望之间飞出了你是我弹指岁月的时光别离

你是我飘然而下瞬间相遇的心悸

自从我离开你的那天起

北京的天空瞬间阴云密布

云团里终于盛不住我对你的思念

从凌晨的夜里就开始下着雨滴

其实，即便我沉在最下面呼吸

看着你沉沉浮浮的踪迹

就知道你一定是在想念我

那是因为我们都懂得心有灵犀的孤寂

郁闷的北京一会浸沉在雾霾天

一会又徜徉在燥动的热浪里

是否因为我从那天走了才开始

真的突然凉下来流着泪在哭泣

我知道你传来的歌声很悠扬

却听出牵肠挂肚地跌宕起伏的潮汐

我知道你穿梭着往返很忙碌

却看出了你游离神外的惦记

我知道你是一条游来游去的鱼

即便睡着也停不下摆动的姿势

而我就是一只越过千山万水飞累了的鸟

寻找的仅仅只是一块安全静谧的栖息地

你不要为相遇我暂时停下你的脚步

我也不会因为你忧伤投进你的怀里

那样的结局会残酷的伤筋动骨

要么活的艰难要么死的彻底

我知道我们的未来不是梦

所以才开始重新调整面对的境地

等着我从咫尺的天涯回到家

重新捡回那张空白的最初的话题

你的守候里也许还会有人再出现

而我的灵魂只是需要居住的温暖

那枚弯月在过眼云烟里已经将往事割断

我的心你的情在雨后的日子里诗漫长堤

你在水一方向我的诗歌招手致意

你在遥远的地方向我问候

那里是在水一方的天堂依旧

我的诗歌随风扬帆招展着旗帜

你却在彼岸只是放马平川频繁回忆

你的言谈只写简洁的文字开头引起

你复杂的情怀没有人能够清楚地搜集

我诗歌爱情的主题永远颠覆时尚的收益

让你望而却步的时候却是我执掌大愿的封底

我诗意的印鉴已经将爱情刻满铁线

沟沟坎坎都是心血的刻板印染着四季

那一幅幅莫奈的爱情三千弱水而走

永远定格在在水一方的大洋岸边驻世

走过千山万水的蒙娜丽莎的微笑迷离

依然走不出你心地遥远的陈年轨迹

不是因为我清高孤傲的委婉脱臼移植

而是你非诚勿扰的那句广告错别了归期

你在水一方向我的诗歌招手致意

纷争的故事从此淹没了主题

你素面如海心如空谷回荡着旋律

瞬息之间就轻盈了我眼帘一瀑天池

高山流水相遇知音的琴声弹起

你曾经的温柔恬静了彼岸的涟漪

那座拱桥弯弓搭箭慷慨万分地断章取义

一艘木舟刹那之间冲出了我的眼底

你的对立就是我的目的

期待中的守望延伸了一条缆绳的拴系

远方投来你柔软目光的网络媒体

将我纯净的诗歌瞬间揽入天下的怀里

你非凡中向我倾注了今生的礼遇

我站在你的对面惊涛拍岸着诗情话意

春暖花开的时候等着你来相识

携我之手走进芬芳岁月的花季

你把我的遥远守成了时光的别离

深情的目光撕扯着我河流的心迹

你在水一方向我的诗歌招手致意

可否看见我想你的泪水流遍了天际

你在水一方向我的诗歌招手致意

犹豫中不敢明目张胆地向我行注目礼

我的诗歌我的纯情都为你留有余地

你什么时候归来将我拥抱浪漫了美丽

你与我擦肩而过那个拐弯的季节

在一个遗弃了的小站台上

你与我不期而遇地等候着列车

直到所有的期待都从身边驶过

你这才转身忧伤地看着我落寞

我本来很想与你结伴而行

不曾想我们的终点却是相反的地方

分别的时候你的眼里充满了泪波

回眸的一瞥我的心里落下了雨雪

你就这样在我的目光里远去

背着行囊天涯海角地继续漂泊

我从你的背影里看见自己的寂寞

于一种哀愁里逐渐拉长思念的情节

既然不去播撒那枚注入爱情的种子

那么肥沃的土壤也不会长出你的希望

就让我替你解开缆绳漂流而下去吧

横渡过我的彼岸让你在水一方地摇曳

摆渡多少条河流才能到达你的身旁

横跨多少座桥梁才能越过你的村庄

拂去多少层尘埃才能擦亮你的门锁

接通多少条信息才能传递你的因果

你出现在我的面前纯属偶然的巧合

那份缘短得彷佛春雪潸然飘入湖泊

你还会等在什么地方期待与谁划落

就像与我瞬息即来又刹那之间而过

就这样看着你远去的背影伤感深刻

我的视线顿时掠过一片诗意的白鸽

远方的你还会滞留在哪座站台之上

等着谁在专列的窗口向你挥手道别

在遥远再遥远的那个地方

是你也是我漂泊驿站里的一个角落

在我们擦肩而过的那个拐弯的季节

也许你和我早已忘记了彼此的端详和琢磨

那把琴那柱香那场雨的这一天

那把琴

在墙角放了很多年

上面落了一层厚厚的尘埃

那根拨断了的弦一直在呻吟着孤单

那柱香

在供案上放了很多天

干燥和潮湿的空气一会将他干了湿湿了干

划了几根火柴没有点燃它出入世间的哀怨

那场雨

在高空的云层里驮负了很长时间

陆陆续续的雨点一阵来一阵去

还没有推心置腹地将大地浇灌

这一天，我站在窗台前

看看琴瞅瞅香望望天

希望能将这一切的阴霾都统统驱散

开始琢磨如何将这一切都如初还原

这一天

我把诗录了音传到网络里面

群里网友发来一段段安慰我的阳光灿烂

黑丫诗歌，你就当前面的人生是梦虚幻

这一天，我再次拿起那把琴

把那根断弦拆下换上这条崭新的琴弦

揉捻念珠的禅指轻轻调试着弹拨音源

还是清澈地高山流水流淌知音的波澜

这一天，我再次请起那柱香

檀香的衣裳已经被夏风吹凉

此时此刻的我即便不再点燃

香火的缭绕已经在心房飘荡着还愿

那些年，我叹琴怨香祈雨

这一天，我除尘修缮打扫房间

这一切，也许是听了群友的规劝和突然的明辨

也许还是为了我的孩子为了不知在哪的另一半

梦醒时分依然有你的守候如诗如画

你是我向往中的那株花么

在我旅途的峭壁悬挂

本想摘一朵戴在鬓角

却在攀爬中跌回路崖

你是我寻找的那棵树么

覆盖在老屋碾盘上的幢华

如果留下来与你相守伫立

只能放弃还想前进的步伐

你是我迎面相遇的一幅山水画么

留住了你的倩影留不住你的管辖

沉重的石头压不住新绿的焕发

清澈的流水带不走寒冷的冰碴

你是我旅途中的一枚脚印么

永远在我身后驻足着牵挂

就算你与我一起同时启程到达

也只能在身后将我的脚印践踏

领略了一程又一程的风景之后

始终找不到一个与你有关的话茬

索性停下来给你打个电话

问你问自己为何走不出你的闲暇

我拨通了你的电话

问你我走的这些天你在干啥

你说，睡了一觉梦回了天涯

刚醒就接到电话，你又去了哪座古刹

此时此刻的我不知该说些什么

索性舀起一瓢水昂头一股脑地灌下

纯净的泉水仿佛一股甘露将我滋润

瞬间愈合了我因紫外线灼伤的创疤

我对你说，我做了一场一个人旅行的梦

刚喝了一瓢水，醒了还是想要回家

你对我说，别总是一个人旅行了

等着我让我来陪着你一起出发

瞬息之间我恍然醒悟境界开遍水中莲花

原来你曾经是我旅途中的一处风景

梦醒时分依然有你的守候如诗如画

停留与携手都不再去轮回着茫然转塔

走到华年才明白我只需要你的淡雅

你普通的就是我离不开的生命之水

酿你——是醇厚的酒

沏你——是清纯的茶

你是我命崖上的那条
飞流直下的哈达

寻遍大街小巷

走遍千山万水

终于在一座山的尽头

你瞬间跳进我的眼里

就在我旅途的拐弯处

我与你绝处相遇

你亮丽的飞身跳跃

刹那之间旋进我的心里

终于找到了你

尽管在我苦难的深处

你不期而遇的诡异出现

使我疲倦的意志突发了转机

终于要触摸着你了吗？

我的心顷刻之间炸开烟火的绚丽

我昂起的脸颊洒遍甘露的甜蜜

我颤抖的双手张开拥抱的惊喜

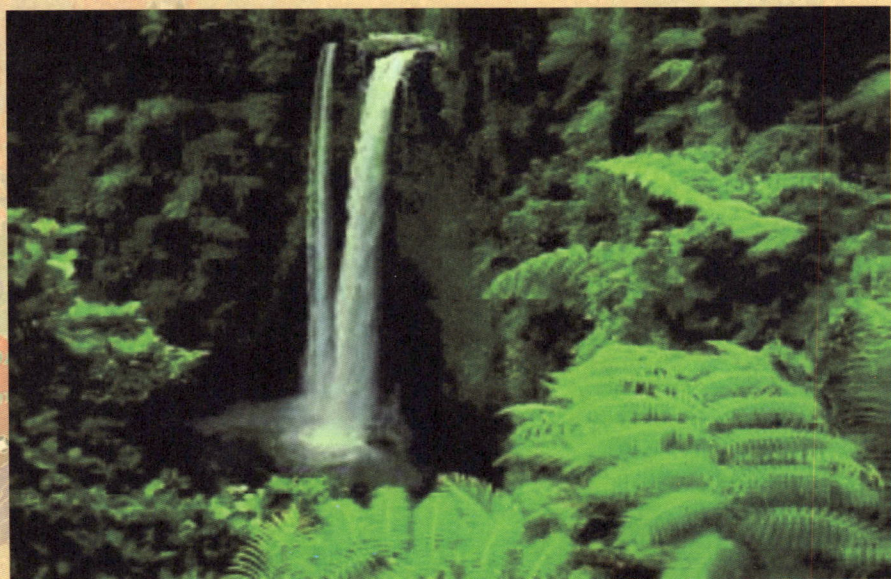

你是我命崖上的那条

飞流直下的哈达

从擎天的天堂飘落到红尘的峭壁

仅仅是为了拴住我乾坤的游移

你爱上了我吗？

纵然是粉身碎骨也要跳下

我期待你舍命重生的悬崖

千万里追随我漂泊的足迹

你奔腾着青春永驻的禅意

你一语双关着笑谈的话题

让我在你伤痕累累的怀抱里

任凭泪水飞溅成洁白的花季

你是我命崖上的那条

飞流直下的哈达

千言万语不说一句话

与我诗歌伴舞诠释相爱的意义

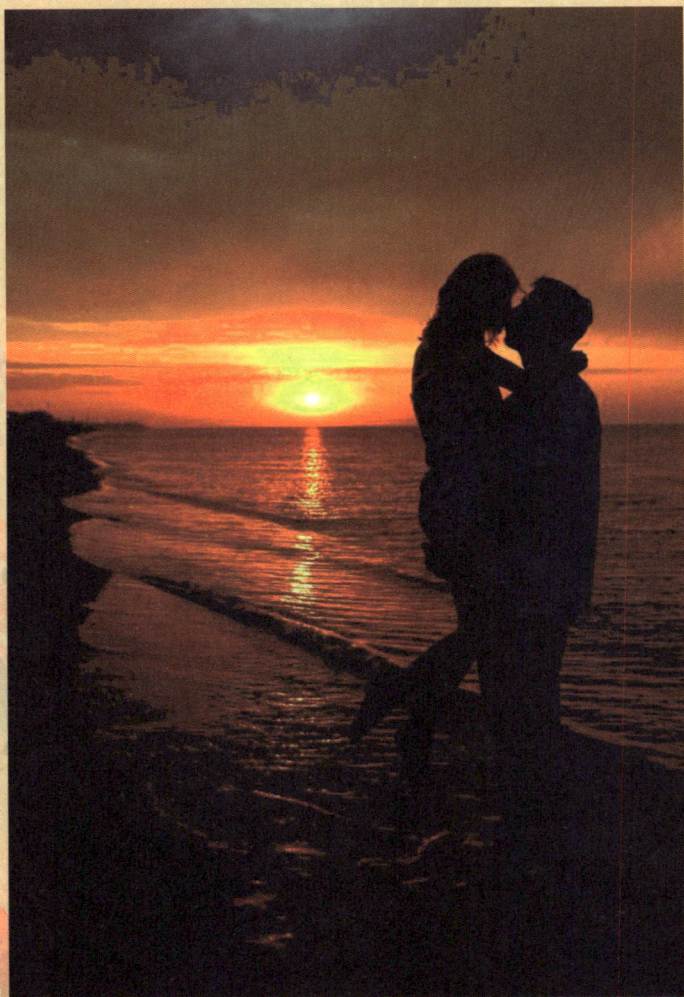

我曾经是你恍然隔世的藏家妻

我是你无量途中的那花朵

遗失在藏地之外的红颜知己

在迷离的轮回中断续失忆

曾经深深地深深地沉睡不起

你曾经是我魂牵梦绕的相思

息息相通着一份放不下的情义

终于我被一滴甘露打湿了心际

开始来这里寻着梦里的踪迹找你

踏着五体投地朝拜你的陈迹

访遍古刹禅寺里陈列的寓意

猛然止步惊悸：我前世的爱情

你——竟然在这里巍巍伫立！

你头顶着白云飘逸着吉祥如意

你手捧着哈达洁白了原始神话

你伴随着万物生灵转遍了经塔

你守在毡房外面等我长发飘至

等不到我的时候你只好策马而来

擦肩的瞬间将我一把揽进你的怀里

马蹄声声将我的梦境深深地踏醒

于是，我紧紧地在身后贴着你抱着你

蹭着你沧桑的胡茬疗养着世俗的炎凉

吻着你起伏的胸襟过滤着红尘的创伤

我在你的护持里娇成一只迷途的羔羊

卷缩在你的怀里感受温暖如春的惬意

萨迦寺的断垣残壁浓缩着你的历史

一个王朝的背影由此放下屠刀远离

圣洁的雪山辉映着你清高孤傲的身姿

万丈阳光接通了你与天地之间的灵气

你是一座无比壮观的绝世坛城

伫立着十方供养着大千世界里的无量

家家户户盛满美伦美幻的幸福和宁静

你心里装着她，她伸手牵着你

你与她紧紧相拥又远远矗立

宁静中泄露出原始的孤寂

你凝聚了所有的美丽与神奇

令我在你窒息的呼吸中心旷神怡

我久违了的大西藏啊

你是震撼我灵魂的魔术师么

舞动着千年飘扬的经幡藏旗

诱我来此为前世今生的爱恋寻找契机

你是我失散了多少次劫难中的夫君啊

只在我的梦境里留下你的印记和身影

我的漂泊只为了踏遍千山万水的寻你

你的等待只为了偿还一个圆融的债期

你是我仰望已久的人间天堂

宛如一只腾空展翅的大鹏鸟

在我深远空阔的心野之上飞起

煽动着我向往已久的北极斑斓的光谜

没有谁会知道天堂到底有多美

来到你的身边才知道天堂原来在这里

那些蓦然回首的惊艳传奇啊

再次融化了我尘封的偏见和固执

酥油灯闪烁着智慧的光芒

青稞酒珍藏着历史的时光

格桑花绽放着好客的秘籍

转经筒重复着轮回的禅意

你仅仅是我的大西藏么

还是我来往无常的始终地啊

你在尘世中超然而出的立世之态

原来就是我于无量劫中寻找着的藏密！

你是我恍然隔世的已经轮回的夫君么

在我的思念里早已涅槃中重生着圆寂

你的凡体虽然脱胎着守候在尘世驻地

你的灵魂已经超然于九天云外的无极

你听见我的心跳声了吗？

你看见我满脸的泪水了吗？

那是因为我从来没有放弃追寻着你

那是因为我曾经是你恍然隔世的藏家妻！

千百回的呼唤你在哪里

千万里的追寻你的脚步

我一往情深地匍匐在朝拜的路上

遥望着你一路向西向西向西拜去拜去……

茶香弥漫着你的脸

泡上一壶清茶与你对饮

面对面地天南海北聊着天

烟灰在你指尖弹落虚妄

茶香在我眼前缕缕绽放

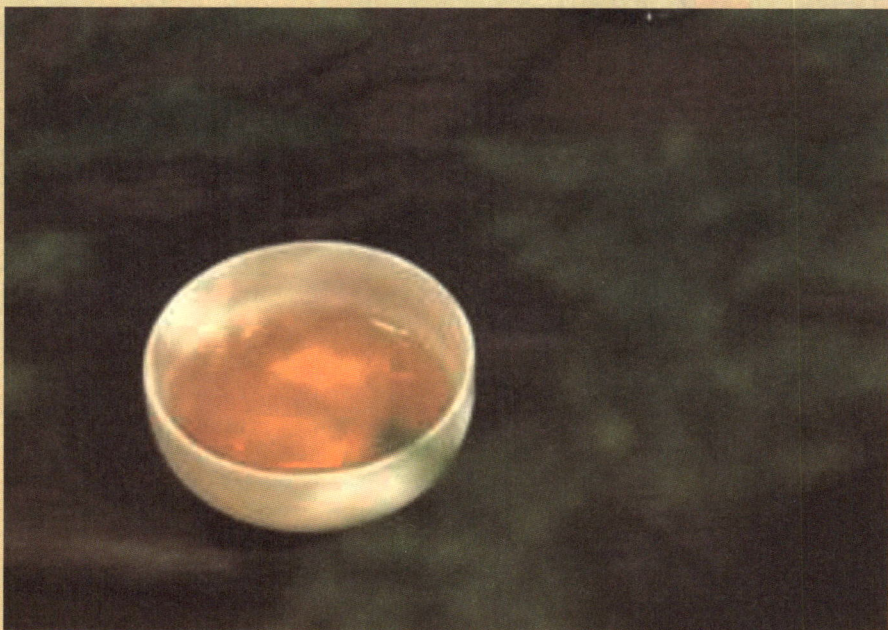

你脸上沐浴皎洁的月光

伴着我神态疲倦的安详

千山万水走遍了的忧伤

再也不想腾空的摄取宝藏

心情就是一壶茶越浓越沸腾

心态就是一杯水越淡越平静

爱过之前不懂得寂静的清爽

恨过之后才懂得起伏的假象

翻炒的青春煎熬流年的执著

浸泡的岁月包容法界的无常

江湖的苦难煮开了禅茶一味

有家的温暖沉淀着幸福时光

在今夜看着你听雨声飘落

——给西班牙的听雨楼主

那片云从大洋的此岸发行

一直飘到彼岸你的头顶停刊

那场雨从国内就开始飘落

一直淋湿到国外你阳台的栅栏

天边的雷声仿佛语言的时空

传来阵阵擦肩而过的喊声

那是你童年无忌的遮拦在回味

那是你青春的翅膀在飞翔震颤

你在远方的家园住的好吗？

可否时常想起家乡那个女子的幽怨

那晚的邂逅恍若隔世的卷帘

让我在不知所措中为你敲打留言

今夜无眠想起曾经对你许愿

答应为你写一首诗歌来浏览

你出现的瞬间天空突然下起雨

无眠的夜顿时涌进无限的思念

看着屏幕上你进进出出的眷恋

瞬间飘来了灵感闪光的诗篇

于是我飞快地写下了定格的箴言

只为你身影恍惚的片刻出现！

你还会思念你已经没有亲人的家乡么？

遥远的牵挂化作比邻的怀念

古罗马殿堂之上的钟楼里白鸽飞遍

顷刻之间远方闪烁着斑斑绰绰的影片

第三季

有你的地方就是面对大海春暖花开

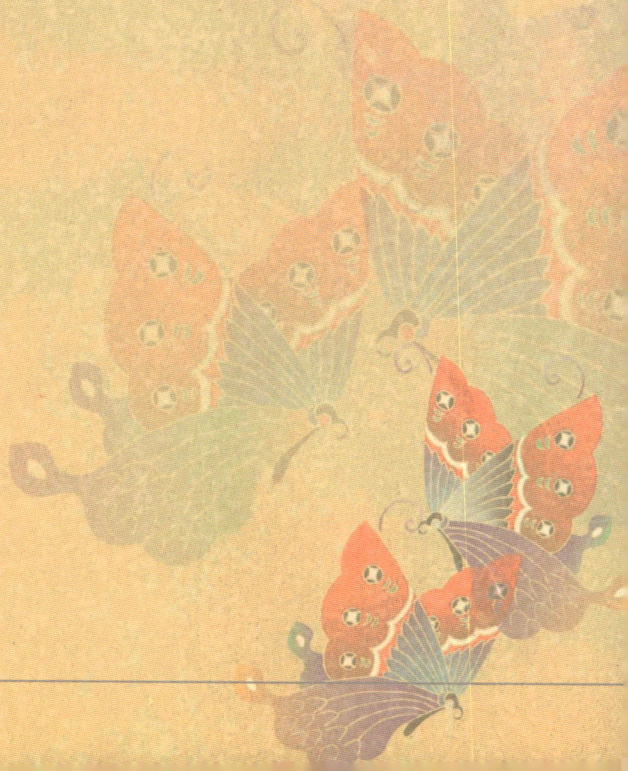

有你的地方
就是面对大海春暖花开

有你的地方就是面对大海

潮涨潮落的昼夜激情澎湃

你深情的目光漫上我伤痕的心堤

令我迷失在碧波荡漾的浩渺胸怀

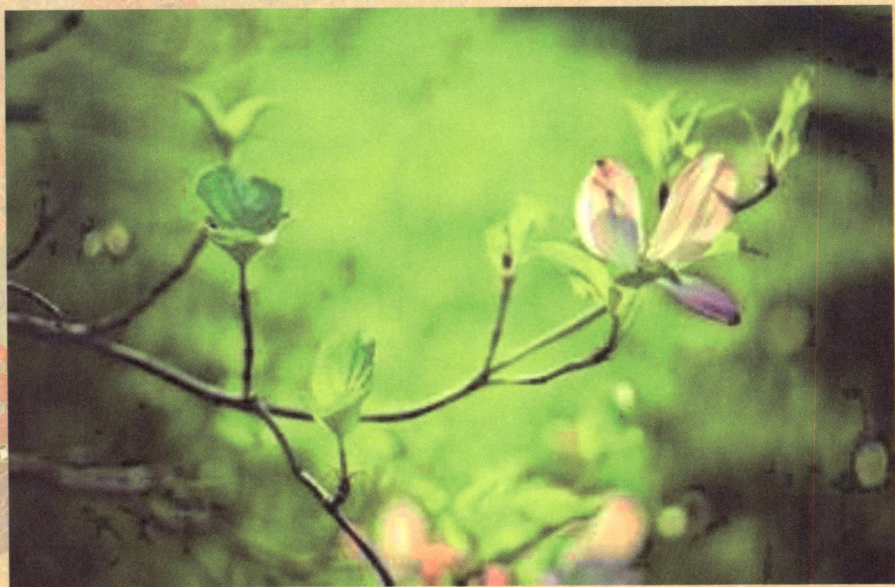

有你的地方就是春暖花开

最深的绝望有你最美的山寨

你穿越大洋找到我转折的站台

将一枚花仙的萌芽深深地移栽

有你的地方就是面对大海

所有的浪花就是我思念你的挚爱

追随着日升月落绽放奇异的精彩

一朵朵花蕊就是一首首无量的诗海

有你的地方就是春暖花开

温暖的太阳是你照耀进我心田的关怀

在你的身边就是面对深远辽阔的天籁

花开花落掠过草原之上风沙漏斗的尘埃

有你的地方就是面对大海

等待你在春暖花开的季节返航归来

卸下出海受伤的桅杆与那些繁衍的生态

一起等待累劫累世修复之后的佛塔莲开

有你的地方就是春暖花开

所有的思念化作一片覆盖冻土的绿苔

想你的时候就下一场流泪的花瓣雨

悄然飘落彼岸深处有你守望着的大海

只要你陪我
诗歌洒遍千山万水之间

我不要你旁敲侧击的善意暗示

我不要你隔岸观火的挥臂呐喊

只要你实实在在的握紧我的手腕

只要你爱怜的目光拂去我流泪的伤感

我不要你腰缠万贯的倾城家产

我不要你名声显赫的仰慕之恋

只要你能够放弃一切只身来到我的身边

只要你能够真情永远与我一生默默相伴

我不要你短暂的激情碰撞的火花闪现

我不要你瞬间的钟情划落的陨石震撼

只要你一份初始的爱擦去我旅途的疲倦

只要你一片终生的情共渡我风雨的彼岸

我不要你跌宕起伏的心声兼顾着恩情仇怨

我不要你一览无余的情怀俯瞰着沧海桑田

只要你波澜不惊地与我走过颠沛流离的山川

只要你深情厚意地与我守候繁华落尽的家园

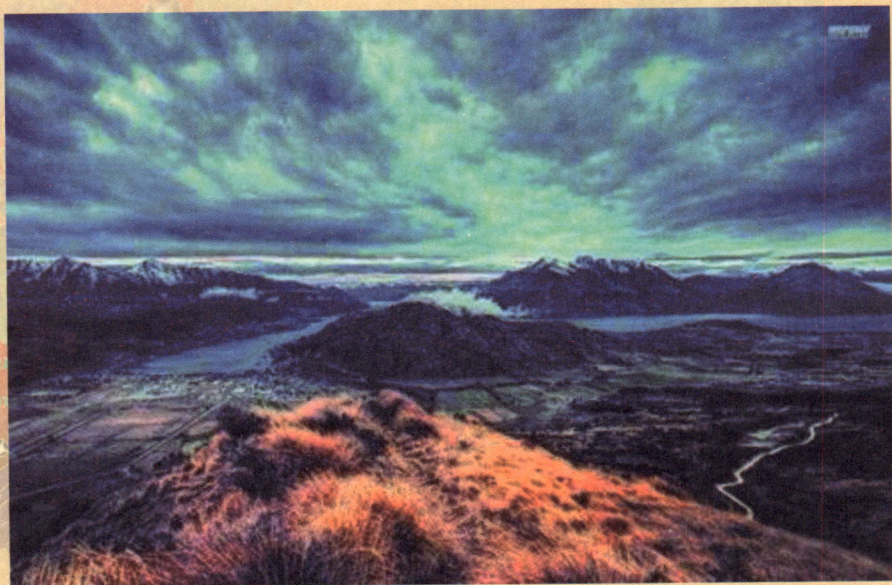

前世你若为我遗失了爱情神话的诗篇

今生我就为了你再续爱情传奇的经典

我只要与你此生不离不弃的相依相伴

我只要你陪我诗歌洒遍千山万水之间

只要你陪我诗歌洒遍千山万水之间

只要你伴我诗歌诠释了使命的夙愿

即便有一天你突然撒手离我而去

我便削去长发荡然无存地归隐寺院！

爱你如此心疼

你途径我栅栏门前停下了脚步

将随身携带的涛声放进牵牛花的口袋里

于是，一只蔚蓝的蝴蝶从窗口翩翩起舞

飞落成梳挽我黑发飘飘的月光发卡

大洋的彼岸与我只隔着一条街道

你却在拐弯的路口一闪就不见了身影

你离去的瞬间仿佛一道闪电划亮了天涯

划破了我心底深处封存的那块伤疤

真的没有想到你的到来会是一场风暴

我沉积多年的心竟然被你刮开了一个洞察

从你走后的那天晚上开始寸断了章法

我的心一点一滴流淌着鲜血的鞭挞

就在你踏上航班回眸的一瞬间

泪水无声地流下了我的脸颊

即便你没有来得及替我的伤口包扎

我的心在疼痛中已经无言风化

我这是爱上你了吗？

从来没有这样心酸的感觉痛不欲生

从来没有这种伤心的泪水流个不停

从来没有这样的一个你使我竟然牵挂！

我这是爱上你了吗？

你是如此让我在思念中不能自拔

你是如此让我在忧伤中不能豁达

你是如此让我在期盼中不能把目光收拢放下

你就是我前世今生的缘

你来了的时候

走过了我所有的从前

那些不堪回首的往事

再也不会出现在梦境里面！

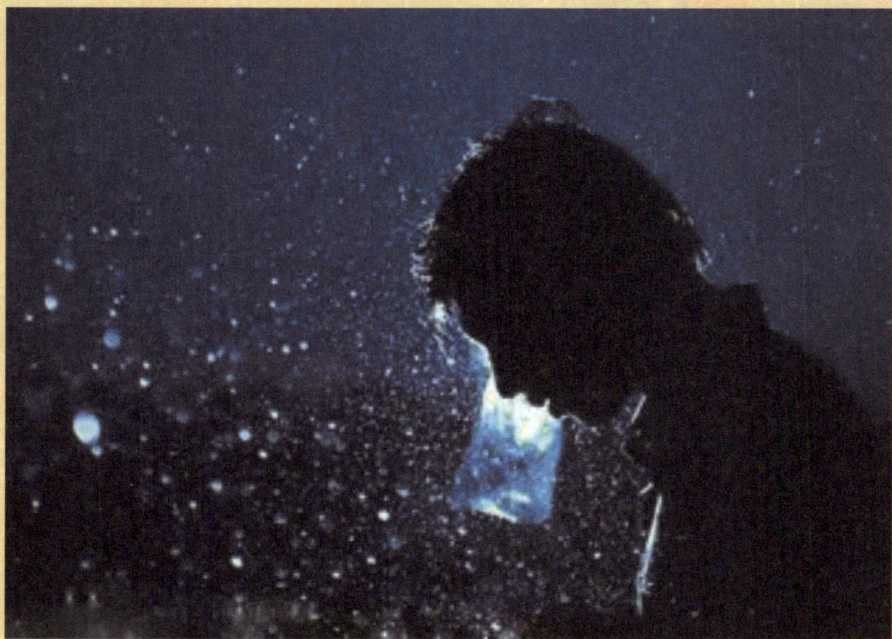

你走了的时候

恍若留下前世的诺言

那些如梦如幻的记忆

开始逐渐从失忆中浮现！

你是一潭秋水么

在含蓄中清澈明鉴

那些不声不响的思念

包容着我沧海桑田的夙愿！

你是一座火山么

在凝聚中汇集资源

那些默默无声的能量

瞬间爆发出撼天动地的惊艳！

只是一次不经意的回眸

我的目光就被你吸引收敛

我漂泊在旅途之上的黑暗

顿时被你点亮一团温暖的灯盏！

只是深深地看了你一眼

如同与你穿越时空相遇千万年

只是轻轻的叹息了一声

仿佛与你超越尘世相思菩提岸！

你是我前世今生的缘

缘起的时候我是你前世的寻觅

缘落的时候你是我今生的遇见

缘来缘去都不能将两颗默契的心拆散！

你是我前世今生的缘

缘来的时候我是你选择了的归期

缘去的时候你是我守候着的诗坛

缘聚缘散的话题都与我们的传奇有关！

如果我真的是你心爱的女人

自从你给我无言关注和关爱

我的心开始万死一生的复苏

抛下那份已经变异了的神话

让这份传奇不知不觉地萌芽

如果我真的是你心爱的女人

你真的忍心看着我泪流成花

你就不能轻轻地安慰我一句

哪怕是对我说，等着你好么？

在多少个万籁俱静的夜晚

我仰望着漫天飞舞的星月

揣摩着天各一方你的当下

是否想过让这份爱情安家

如果我真的是你心爱的女人

你真的能够关闭思念我的窗口么

你为何不对我说一句温暖的话

哪怕抛出只是两个字，牵挂！

你与我的目光始终矜持回避

千言万语都不能表达的感觉

在那个千载难逢的道场拜把

超凡脱俗的笔墨诉说着天涯

如果我真的是你心爱的女人

你就把我品成一杯春天的茶吧

清香淡墨会在顷刻之间无暇

悠然潜入你旅途疲惫的脸颊

你静静的来又默默的去

始终没有流露出邂逅的本意

只是在我不经意回眸的瞬间

你深深地注视我言谈举止的文雅

如果我真的是你心爱的女人

你就把我饮成一壶漂泊的酒吧

万般深情伴你浓厚的思念喝下

空瓶如同我的嫁衣默默守候岁月的变化

想你的时候我就紧握
那串金刚菩提的念珠

想你的时候

我就打开屏幕看着你

看看你什么时间来去

看看你的生活有什么规律

想你的时候

我就找你点拨的一首歌

读读歌词里你的心思如何寄托

听听歌声里你的心情如何倾诉

想你的时候

我就端坐禅房闭目冥想

脑海里涌现出那些相遇的画面

填满了所有空间回放妄念的痴迷

想你的时候

我就在佛前点燃三炷香

为我前世的爱在今生找到契机

为我们来世的缘延续传说的话题

想你的时候

我就摘下手腕上佩戴的念珠

拈来一朵花在心中永远开放

拈来一片叶荡起彼岸的涟漪

想你的时候

我就紧握那串金刚菩提的念珠

仿佛紧握着你一份温暖的归期

守候在期盼与你再次相逢的冬季

今晚的月亮像一朵花
绽放在我无眠的梦里

你突然之间没有了音讯

寻遍周边找不到你的踪影

隔岸相望夜空一样的思念

却发现你悬挂在我头顶之上默默修行

今晚不是万里无云

今晚不是皓月当空

今晚的月亮像一朵花一样

绽放在我失眠空虚的梦境

流泪喝着酒

无言看着屏

与你恍若隔世的情景

历历在目地飘然浮动

没有牵手的陪同

只有拥抱的相送

没有彻夜的长谈

只有会心的震惊

如果你是今晚的月亮

一朵花绽放在我心空的梦里

就让我做那颗启明的星子吧

唤醒你如愿以偿的默许憧憬

如果我是醉卧太空的星子

一缕清辉就是千年的承诺

那么我愿意用毕生的情网

去打捞你这轮水中的月影

今晚的月亮是你么？

像一朵花绽放在我无眠的夜空

春华秋实的采摘里面

瞬间就蒸发了你来去的无明

今晚的月亮是你么

伴我泪水洒遍的天涯海角之间

你何时才能登上归来的客船

再一次相约在香火缭绕的禅境

2015 年 10 月 27 日（农历九月十五）

你虽然不在我的身边

你虽然远在他乡

却天天在我眼前飘荡

仿佛那一串串七色的经幡

在我的心头之上永远翱翔

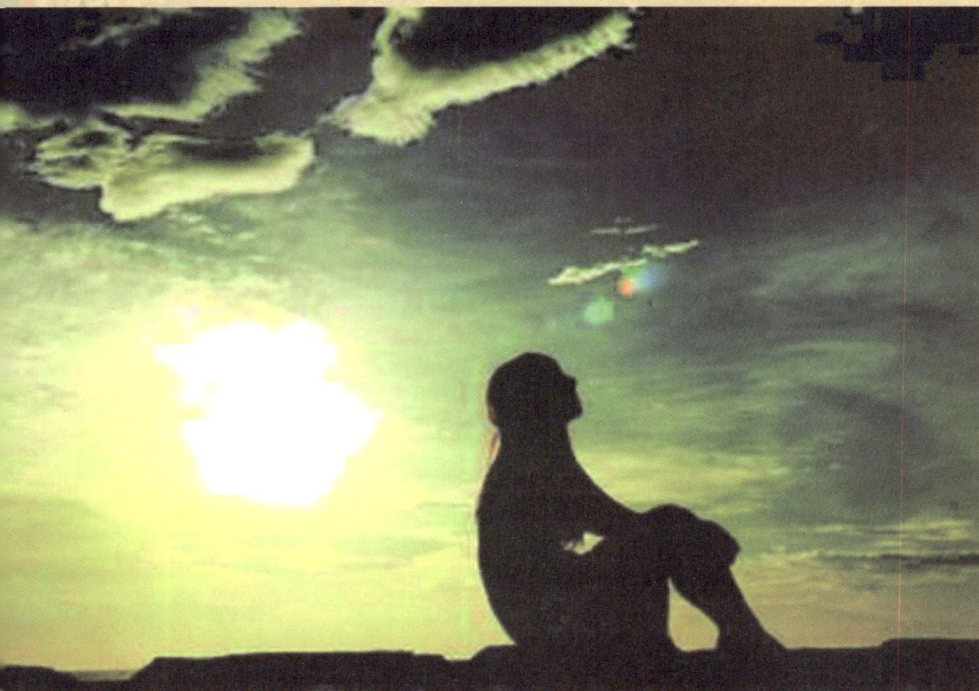

你虽然远在天涯

却时时被我行囊中珍藏

你宛若那棵扎根我心的树

在我生命的田园昼夜生长

你虽然在水一方

却仿佛我岁月的池塘

心中那朵青莲在慈悲中绽放

昼夜不息地向着天空弹唱清凉

你虽然不在我的身边

却是我日夜思念的守望

你的怀抱如果空留了我的地方

我就把家安置在你等待的心上

等你回来与我牵手逐鹿诗坛

你走了

天空一直沉睡不起

梦境里并不遥远的天涯

被谁的守望占据了彼岸？！

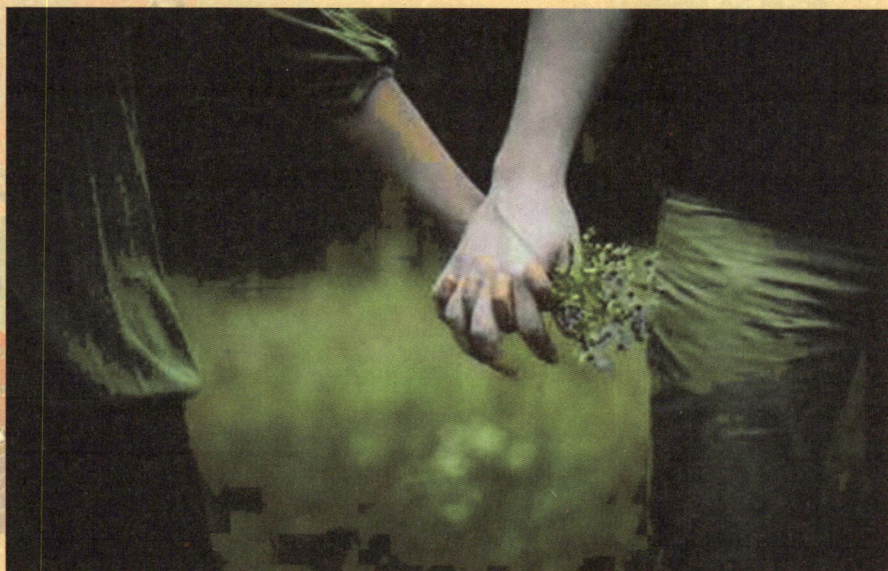

你来去的那么匆忙

来不及让我倾诉哀伤

还有谁的心像我始终如一

独自守候在等待你的天边

你走了

苍穹终于垂泪惋惜

那片茂密的降龙树林里

还会有谁为我拨开瘴气的谜团

你的到来是那样神奇

千山万水走不出你的相遇

所有的寺门为你敞开深邃的禅院

所有的云朵为你飘来吉祥的示现

你走了

回眸时向我点头再见

那个分别时的轻轻拥抱

已经将千言万语深深地包揽

你的离去是那样果断

甚至在回避中不敢看我一眼

你悬空的旅途一定风光无限

是否能够时常想起我曾经的陪伴

你走了

我的泪水一行行流淌着思念

连自己都不知道的这颗心

究竟何时被你牵挂的魂飞魄散

你究竟是我前世今生的什么缘

来之前让我日思夜想地挂念

走之后又带走了我漂泊的行囊

和这枚游走岁月时挥毫诗歌的墨砚！

自从你离开的那一天

我的心在疼痛中仿佛经轮旋转

所有的创伤在结痂后纷纷脱落

仿佛复苏了风花雪月后的奇观

你彼岸的梦境里契合着我的思念

我的心已经为你洗刷得焕然新鲜

重新为你守候着真情奇缘的出现

等你回来与我牵手逐鹿诗坛！！！

我从黎明前的黑暗里
飘然而至

我从黎明前的黑暗里

飘然而至

不为你的阳光

只为你情牵的几缕彩云

我随九天深处的甘露而至

为你洗涑旅途的尘埃

那丝丝缕缕的情缘

为你挂满昼夜相思的单纯

我摘下天边的那颗星辰而至

仿佛流星划落了你的思念

找到那个隐藏爱情的角落

重新搭建因缘茂盛的园林

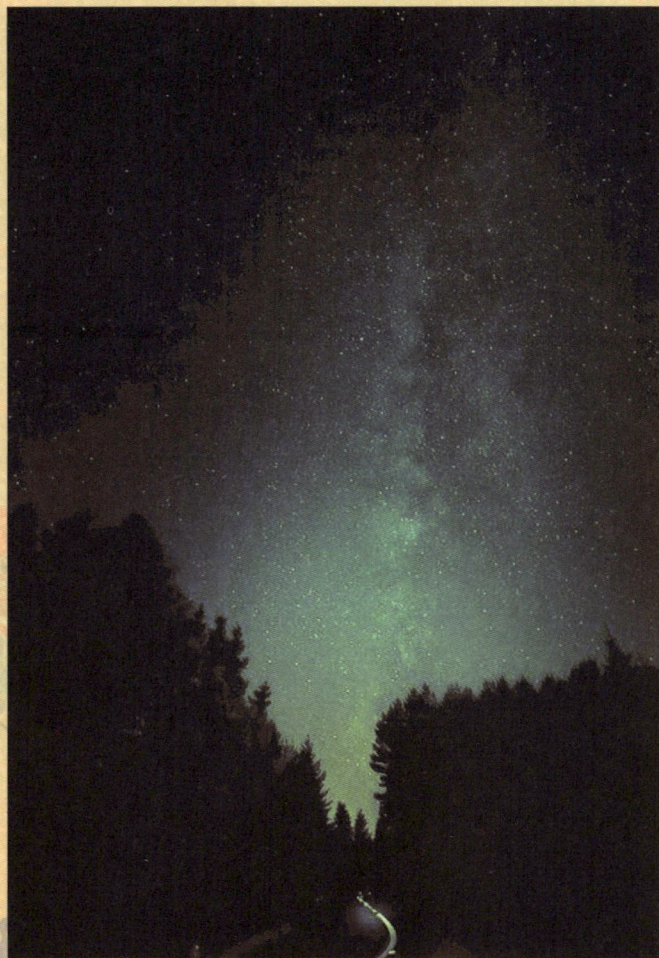

我驾一条碧波江水而至

所向披靡要去追寻你的远方

身后留下了花海的荡漾

如同岁月遗失了时光的印痕

我从黎明前的黑暗里

飘然而至

不为与你诠释今生的相识

只为等待与你归期的年轮

我跨马扬鞭飞驰而至

赶着阳光雨露的诗行

踏遍千山万水的阻挡

奔向为我敞开的家门

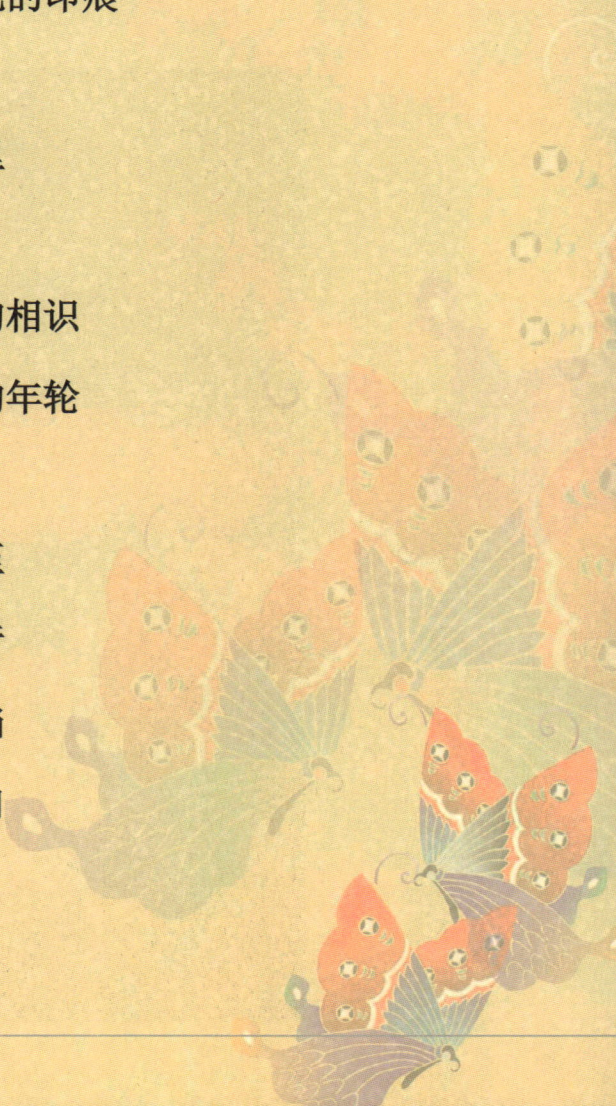

第四季 你是我心头之上的第一场雪

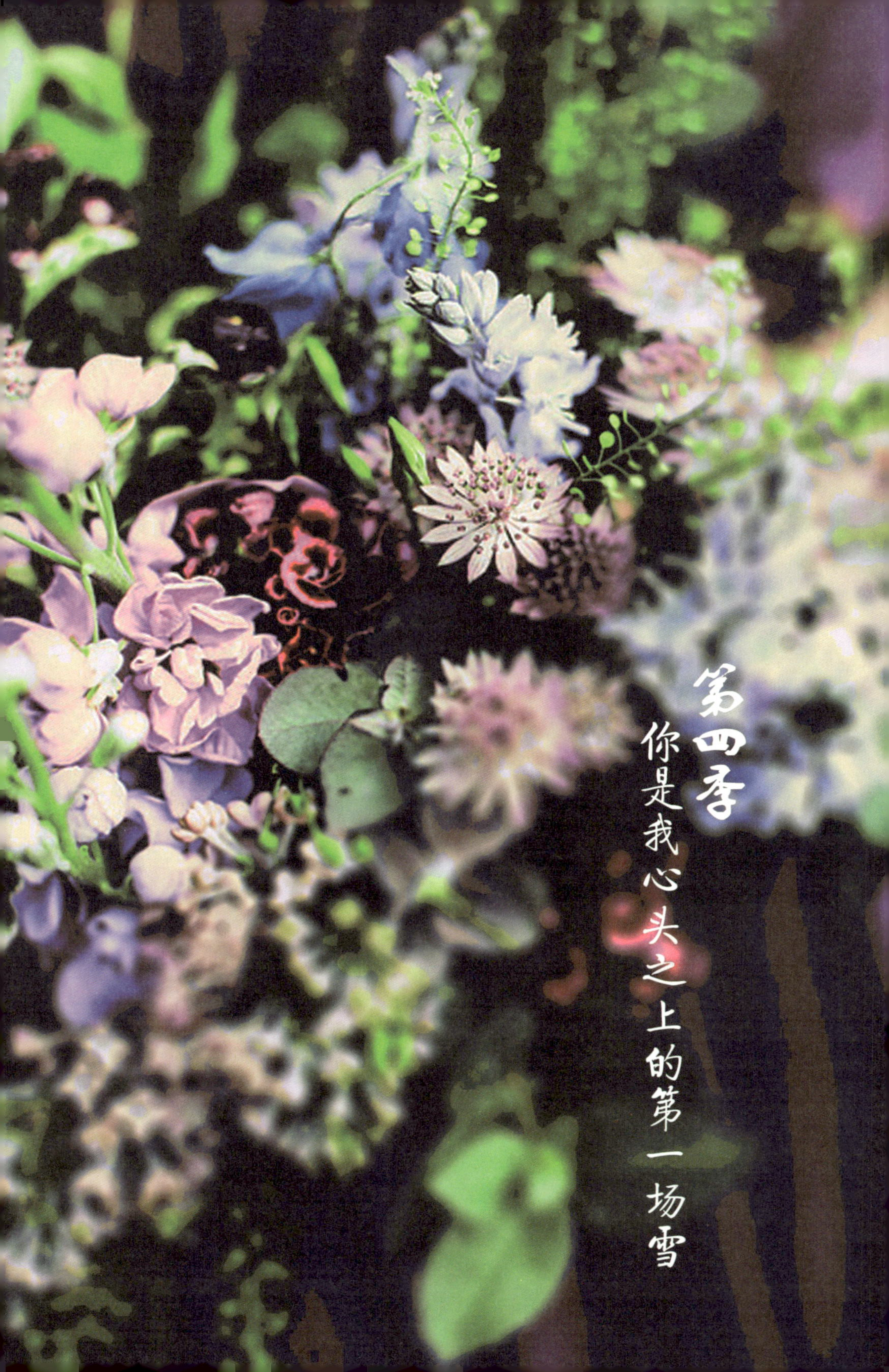

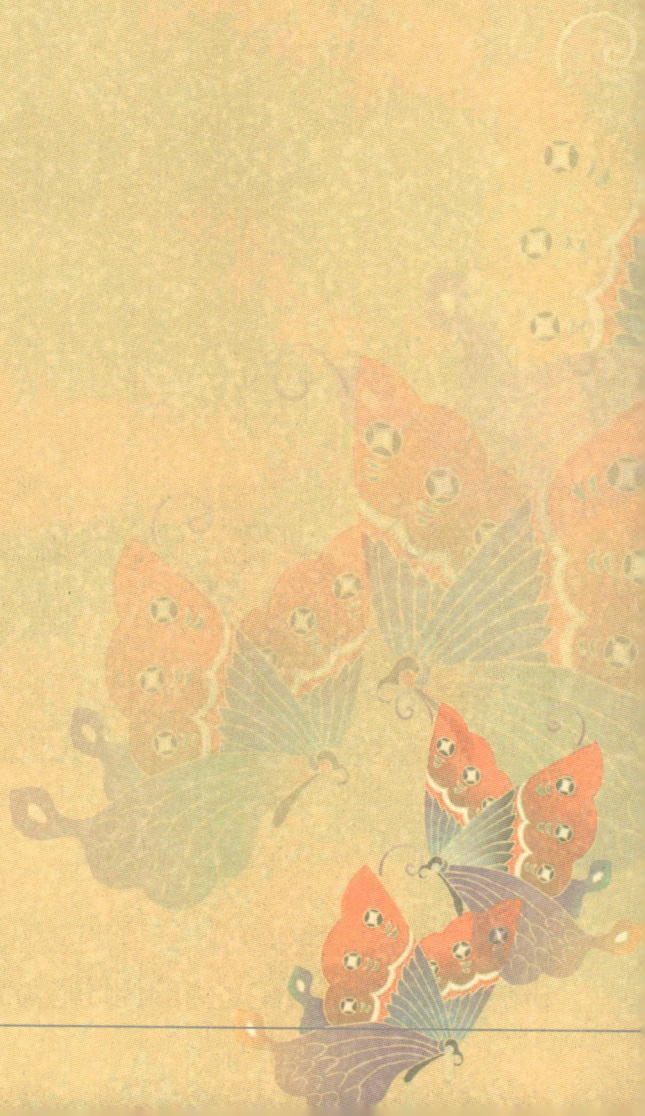

你是我心头之上的第一场雪

昨晚的梦在困惑中辗转反侧

黎明前的黑暗里传来一声弥陀

拉开窗帘看外面的天空浑浊

映入眼帘的竟然是漫天的雪梨花落

我的心顿时开满了清凉的花朵

仿佛是你关注的目光顷刻飘过

望着天际边苍茫的远方想象

手里握着那件你穿过的衣裳

漫天的雪花仿佛九天深处的虚化

幽幽的深情顿时覆盖了迁徙的院落

牵挂的手一片片摘下你曾经的缠绵

思念的唇一朵朵吹落你若隐的影绰

都说我写出的诗是梦笔生花

可是每当我面对每年的第一场雪

我只是默默地看着他无言地飘落

看着他即便没有阳光也会凋谢

一朵朵的雪花开成一张网

把苍茫的往事都罩在中央

红尘里谁的窗口还亮着灯？

搁浅了你向我眺望天涯的瓜葛

涛声依旧在激情中自娱自乐

落地情缘瞬间融化了谁的斟酌？

我在停雪的片段终止了思索

如同与伫立窗前的另一个我对决

这是北京今年的第一场雪

突然来的让我不知所措地迷惑

那些惊喜瞬间划过了发髻的缔结

云烟的梦里飘过来你岁月的精血

你既然来过我的心头

为什么还要匆忙离开

你清凉的开放刹那间在枝头陨落

相思的泪在尘世间谱写示现的歌

你是我心头之上的第一场雪

落在我的心上如同把我的命掠过

多少生物因为你的到来轮回着娑婆

荧屏面前的我因为你的到来激情闪烁

你是我心头之上的第一场雪

如何飘逸都不会离开我的心窝

有风无风都不去随意漂泊

你来我往都已经是无路的选择

你是我心头之上的第一场雪

伸出触摸你的手又轻轻收缩

因为你来的是这样的珍贵

我小心翼翼地不忍心将你碰落

你是我心头之上的第一场雪

漫长的旅途开始酝酿终点的经过

那一行行深深浅浅的脚印

踩在我依然疼痛的心窝

雪落无声是你深沉的内敛

雪已融化是我思念的寂寞

那一世你欠下我守候的花期

这一生我等在这里为你挑灯明月

漫天的飞雪翩然飘落

是你还是我开在心上的花朵？

满怀的深情绽放着满怀的冰清玉洁

此时却是我思念你时那团温暖的炉火

你站在我的彼岸

你站在我的彼岸

远离着红尘恩怨

向我默默地注入伤感

目光里多了一些忧患

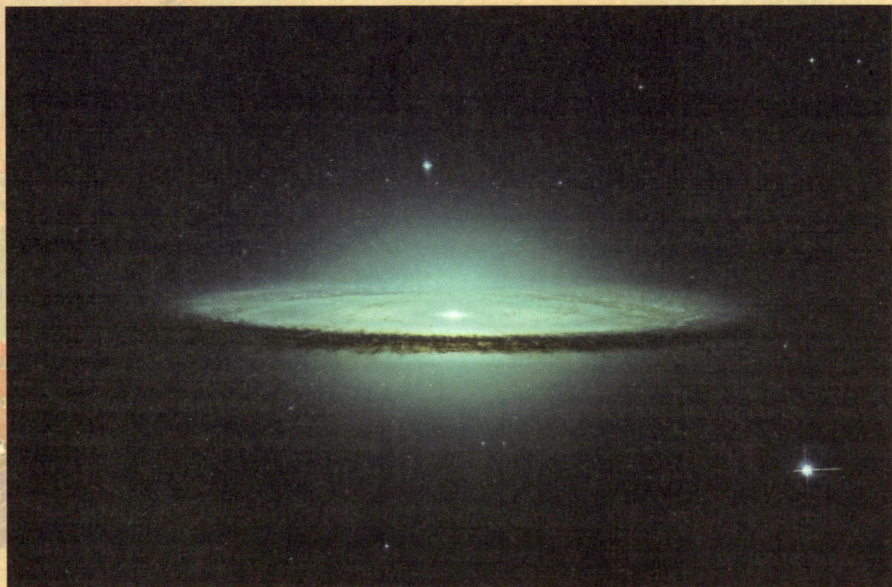

你站在我的彼岸

挥手向我送来温暖

春暖花开的芬芳

漂洋过海移植着青莲

你站在我的彼岸

等待着我的消息

沉浮的涛声有谁游来

澎湃了满腔深情的依恋

你站在我的彼岸

向我展示一份诡秘的奇观

丝纹不动的守候里眺望默然

暗示我只可意会不可言传的极限

你站在我的彼岸

蓬荜生辉着我的怀念

那件远古的棉麻布衫

淳朴地拴系在风帆的桅杆

你站在我的彼岸

思念着我的思念

那些遗失了的时光

与你恍若重新再现

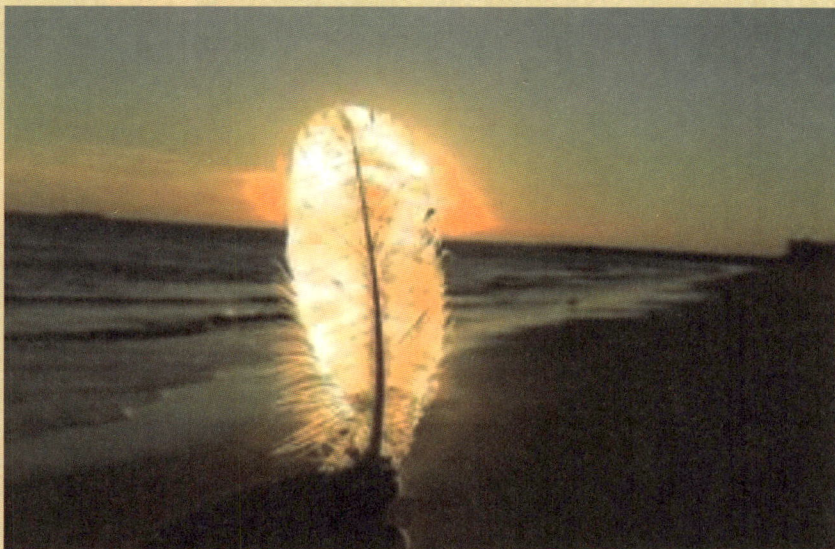

你站在我的彼岸

牵挂着我的无眠

那些梦境里的饥寒

被你当成了创业的箴言

你站在我的彼岸

想来的时候登上客船

想走的时候踏上航班

来往宛若那些匆忙的从

有一种爱在天涯永远等待

你迁徙到海角的一方

漂泊便成了移植的模样

岁月被割裂成泛黄的日历

一页一页撕扯时光的片场

我依然在你离去的路上

透过风尘遥望远方的明亮

你在天涯的云角徘徊徜徉

向我挥洒着驻世的繁忙

轻轻划落你遮掩的幔帐

慢慢折叠你云卷云舒的酣畅

悄悄弹指经年前那个你的忧伤

静静地隐藏着那本长满青苔的影像

相遇的时光静静地流淌

相守的天涯默默地无常

捻一串佛珠细数你离去的天数

密意的微笑缄默了邂逅的慌张

不同的地点相同的现场

你忘记了谁的音容在梦里癫狂

流年的灵魂被你自由地安放

一如花开花落在禅意里缭绕着檀香

有一种爱在天涯永远等待

等待谁离开繁华深处的滚滚迷茫

如果那是爱你的方式在追寻真相

就让我守候在你身旁永远不再情殇

红尘里那场盛宴将你的目光导航

打包的往事遗忘在行囊挤压的路上

花瓣一样的现钞被点成信号的指向

桃花运里那座渡口的扁舟在等待月亮

有一种爱在天涯永远等待

等待我即将而去的日子堆积成墙

墙上写满我浴火重生后皎洁的诗行

等风生水起时聚来无数黑夜的目光

想念你的时候
我就停止流浪的脚步

我一直在尘世间懵懵懂懂地向前走

走到在这个不知去向的路口与你相遇

你站在那里向我默默注视不说一句话

我不知道你是想问路还是在欣赏我的风雅

想念你的时候就去走拐弯的路口

抱着侥幸心理看看能不能与你奇迹般地相逢

犹豫不决的时候就停止流浪的脚步原地休假

我的心还是疼痛难忍着分别割离的掠杀伤疤

你到底心里是怎么想的呢？

你是在寻找回家的路还是在寻找家到底在哪？

安身立命的地方可否有我一样的痴情牵挂？

每时每刻想你的时候就梦断了天涯！

想念你的时候我就静静地守候着时针的嘀嗒

守着你的日升月落和错位颠倒的时差

呆呆地想象着你的身影你纯净的眼睛又在哪？

流浪的脚步顿时停止了蠢蠢欲动的想法

我想念你的时候你会想念我么？

你想念我的时候为什么又不向我表达？

你为了我的诗歌梦想成真在忙碌着将讯息播洒

却从来没有告诉我你是如何的辗转辛苦啊！

我想念你的时候你一定也在想念我吧？

我总是感觉你的心其实与我息息相通着摩擦

只是你的表达方式换成了对我鼓励和鞭挞

怎能不使我在鲜明对比中触景生情地感激你啊

想念你的时候我就停止流浪的脚步

站在原地守望着彼岸你无尽的归期

即便你已经忘记前世那枚点在我额头上的朱砂

我依然在这里等着你来牵我才情的手篱下安家

想念你的时候我就停止流浪的脚步

停止一切可能的欲望折磨成设想的牵挂

或依树而立或坐挽黄昏或冥想无瑕

静默地伫立临风的窗口独守岁月的践踏！

你从大洋彼岸穿越而来

你从大洋彼岸飞来

带着大海的讯息

遇见我的时候

你却想投进我的怀里

那一天晚上你说好了要来

穿越时空的隧道回国相聚

等了很久不见你的踪影

我的心情顿时不可言喻的焦虑

于是，我气冲冲飞过去

在你的部落里留狠话

又回到我守候着你的部落里

更狠地说：再见你时扒你皮！

可是我万万没有想到的你

第二天清晨是彩霞铺满天空的日子

你突然地突然地出现在我的面前

令我惊诧的是你竟然还是那么帅气

你还是什么也不说

只是一个劲地道歉客气

可是我怎么仿佛看见你的心

还是没有在异国他乡拴系

我知道你在海角不容易

你知道我在天涯牵挂你

你站在我面前的时候什么也不说

只是默默地默默地看着我

我的心此时此刻已经失落

不知道该如何对你说些什么

只好含着泪水对你说

欢迎你回到繁华深处的家园栖息片刻

你向我捧着的宝瓶里

挥手弹指划落一滴泪珠

然后轻轻地转身

从我的面前悠然飞过……

你携带晚秋的飓风席卷而来

你携带晚秋的飓风席卷而来

将漫天遍野的树叶横扫一光

堆积着筑起一座温暖的城堡

为即将到来的严寒融化千堆雪

你在深秋的傍晚席卷而来

在我恰似你的温柔里面洞穿门锁

那一片片火红的枫叶割破心窝

点点滴滴流进想你不能入眠的星河

接你的时候不敢对视你的目光

生怕这深深的一望就是花落无期

任凭你尴尬的神态羞涩成旅客

也不能将我的情怀坦然地伸缩

面对你的时候宛若山泉涤荡着石刻

斑驳的心田浸没在雨后的清澈

牵挂的青苔绿满思念的山坡

心知肚明的感觉依稀咫尺的灯火

陪你的时候不敢牵起你的手

生怕这紧紧的相握就是一枚青果

与你并肩跪拜在大殿前燃香的佛陀

大悲的咒语默默地为你将诗歌摇落

送你的时候不敢多说一句话

生怕这轻轻的叹息就是天涯弯月

留下长长把柄的三把镰刀

齐刷刷地将我的心瞬间收割

离开你的时候仿佛雨水淋湿了焦灼

生怕这灰蒙蒙的天空笼罩你的日升月落

如果我的期望使你不敢回头望望我

那么你留下的只是红尘客栈里忧伤的挽歌

思念你的时候不敢轻易为你写歌

生怕那些守不住边际的文字寓所

扰乱了你安然入眠的短暂深夜

然后将我深深地牵进你的梦境去山崩地裂

自从你来到我的身边

自从你来到我的身边

我迎来的是一个燎原之后的春天

那些凋零的岁月剥离着秸秆的忧伤

又被复苏的萌芽将支离破碎的梦想点燃

自从你来到我的身边

我的诗歌重新焕发了青春的容颜

所有的唐诗宋词向我纷纷扬扬地走来

还我一场才情女子挑灯孤芳自赏的庆典

自从你来到我的身边

我迎来的是一个柔情似水的夏天

那些茂密的丛林叠嶂着思念的山峦

已经被你的到来拨开了一条清晰的航线

自从你来到我的身边

我的生命开始了另一个季节的变换

那些港湾深处汇聚而来的南北客船

如同我孤独的灯塔绽放莲心的无眠

自从你来到我的身边

我迎来的是一个患得患失的秋天

那片繁荣又辉煌的丰收景象里面

蕴含着你对我多少厚重的期望和祈愿

自从你来到我的身边

我的爱情在一场凋零之后灭盤重现

在那个还没有拐弯的路口与你牵连

从此开始了另一场风花雪月的迷恋

自从你来到我的身边

我迎来的是一个清凉的冬天

那漫天的雪花飞舞着你牵挂的梦魇

铺天盖地向我飘洒着纯洁的思念

自从你来到我的身边

就像沐浴着一场甘露的酣畅淋遍

你的深情伴着你的阳刚之气席卷而来

笼罩了我漂泊岁月里诗词歌赋贯穿的心田！

我离开的这些天
你真的是在想我么

在繁华深处居住得太久了

我有些分辨不清你的立场

甚至不知道你说的那些话

几句是真几句是假的迷茫

看着你出入自在的游戏

我不敢追着你的目光

生怕那些飞蛾扑火的希望

从此折断了飞翔的翅膀

我这是最后的驿站么？

小心翼翼地守候着你的到来

真的害怕等到的是一场秋风

将那些希望的因果一扫而光

于是，在一个黄昏的傍晚

我几乎是匆忙地落荒而逃

来到曾经常常静心的地方

关着自己梳理旅途的方向

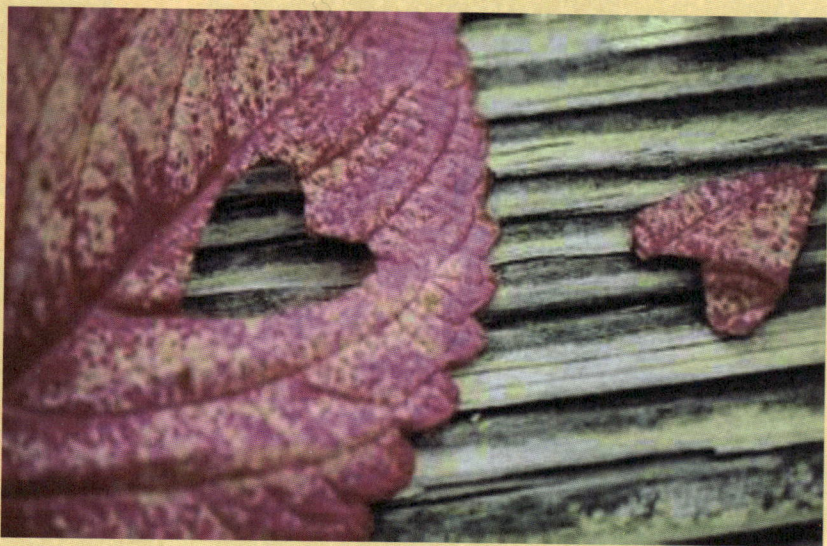

你的忽闪还是占据了我的冥想

我的禅定里还是出现你的影像

我离开的这些天你真的是在想我么？

我为什么跳不出思念你的万象

尽管在我禅坐的片刻

一道佛光刹那之间从天而降

又怎么能够证明我漂泊的今生

心从此能够安详，诗从此能够飘扬

是的，我也许就是一滴甘露

自命不凡地飘落世间的土壤

有谁在仰望星空的瞬间与我相遇

有谁在意我一滴心灵的邂逅就是命运的交响！

我离开的这些天你真的是在想我么？

我想你的时候就像行云流水的诗歌一样

每个字都是心声每一行都是泪水在流淌

无论是否与你呼应都一样分不清白天晚上

你来到我的身旁

你来到我的身旁

仿佛是我的一股清风

向着我心灵窗口

吹散了阴霾的忧伤

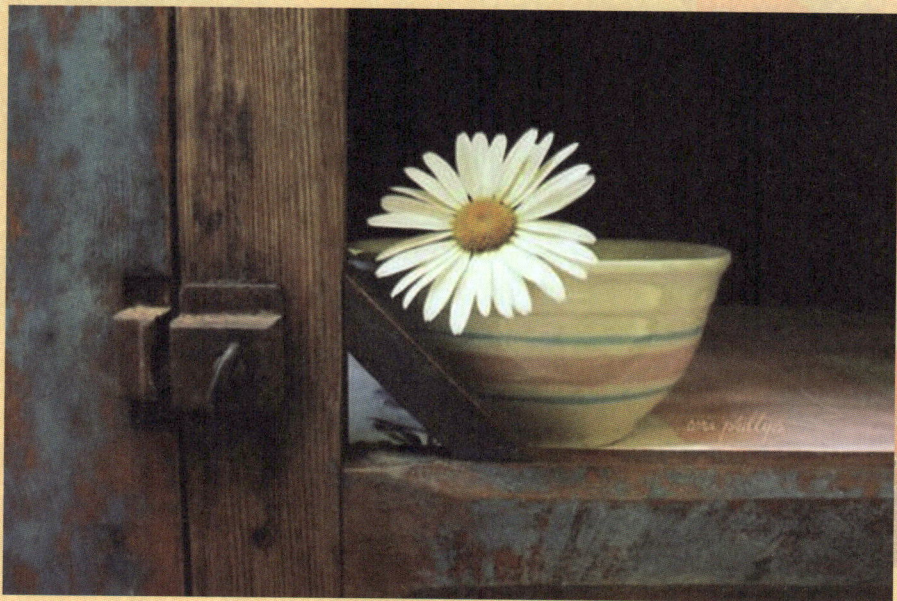

你来到我的身旁

迎面撞了我满怀的惊慌

那一身的尘埃弹落

纷纷凋谢了世俗的炎凉

你来到我的身旁

转身一个弹指的回响

那一声清脆的扬鞭

消瘦了一地丰收的景象

你来到我的身旁

迎着夕阳的反叛折光

与我牵手走进夜晚

那张安放身心的暖床

你来我往的地方

你来我往的地方

究竟是一个什么模样

是一间客房又太媚俗

是一座老屋又是太老搭档

你来我往的地方

是一座青草的牧场么？

蓝天之上有苍鹰盘旋

大地之上有河水流淌

你来我往的地方

是一座巍峨的高山么？

山上有你攀岩的峭壁

山下有我采摘的竹筐

你来我往的地方

一定是一座禅院的道场

佛前有我们拜别千里万里的情长

佛后有我们静心守候繁华落尽洞房

你和我的距离

都说你和我相距甚远

听见声音看不见容颜

想你的时候拿着你的照片

看着看着泪水迷糊了视线

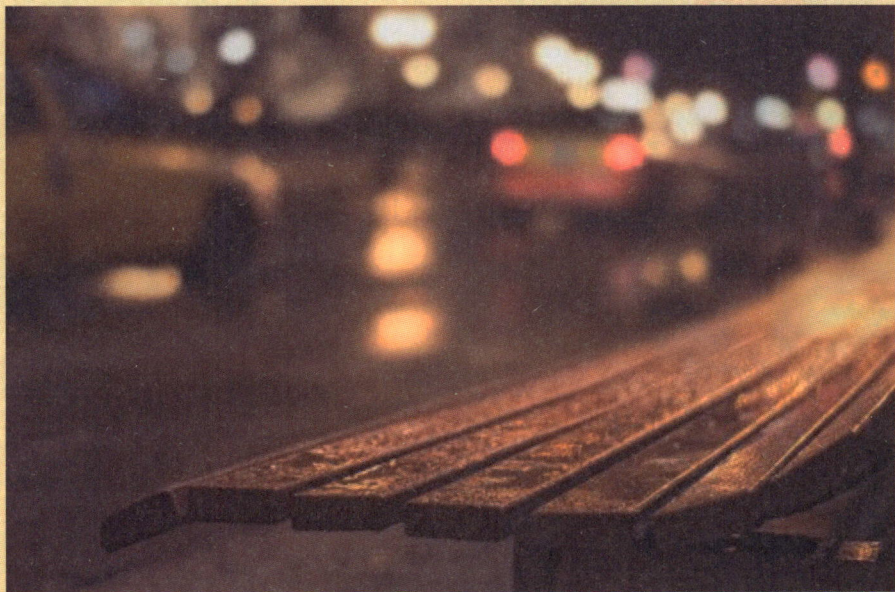

都说你和我隔着大洋的彼岸

日思夜想却不能相见

可曾想过会有网络的今天

瞬间就让你和我面对欢颜

都说界与界相隔是麦克马洪线

哨兵紧握钢枪不容侵犯

可曾想过如今的开放口岸

你来我往笑声淹没了备战

都说国与国之间是村庄相连

走到哪里都是便捷通畅的身边

挥挥手随便你天涯海角地走

我却是仿佛童年长成当下的苦楝

你和我的距离也许不是远近顾盼

虽然是通过这根无形波动的网线牵绊

相隔遥远宛若眼前

但我还是心如秋叶落寞无言

你和我的距离什么时候才能看见

就像我们能够安然端坐彼此面对面

让你看看我想你泪水消瘦了的脸

让我望着你的眼睛恰似一潭秋水欲穿心田

图书在版编目（CIP）数据

黑丫诗歌作品集：全5册 /黑丫著. － 北京：

中国文联出版社，2015.12

ISBN 978-7-5190-1035-5

Ⅰ. ①黑… Ⅱ. ①黑… Ⅲ. ①诗歌－中国－当代

Ⅳ. ①I227

中国版本图书馆CIP数据核字(2015)第320572号

黑丫诗歌作品集：有一种爱在天涯永远等待

作　　者：黑　丫

出 版 人：朱　庆

终 审 人：奚耀华　　　　　　　　复 审 人：王　军

责任编辑：顾　苹　　　　　　　　责任校对：张铁峰

封面设计：陈董佳　　　　　　　　责任印制：陈　晨

出版发行：中国文联出版社

地　　址：北京市朝阳区农展馆南里10号，100125

电　　话：010-65389144（咨询）65067803（发行）65389150（邮购）

传　　真：010-65933115（总编室），010-65033859（发行部）

网　　址：http://www.clapnet.cn

E － mail：clap@clapnet.cn　　　　　gup@clapnet.cn

印　　刷：北京瑞象今日印刷服务有限公司

装　　订：北京瑞象今日印刷服务有限公司

法律顾问：北京市天驰洪范律师事务所徐波律师

本书如有破损、缺页、装订错误，请与本社联系调换

开　　本：710×1000　　　　　　　1/16

字　　数：2500千字　　　　　　　印　张：50

版　　次：2015年12月第1版　　　印　次：2015年12月第1次印刷

书　　号：ISBN 978-7-5190-1035-5

总 定 价：235.00元（全5册）

黑丫：
中国作家协会会员
中国收藏家协会会员
曾经带着诗歌上路，独身行囊走遍祖国
的千山万水，被誉为：中国大陆三毛。
曾经出版代表作《黑发飘飘》填补了
青岛市西海岸文化史上的一项空白。
诗歌作品：《人间绝唱》
《爱情神话》《黑丫诗歌选集》
文学剧本：《女人不是港湾》
随笔文集：《为谁流浪》
小说合集：《走过绝情的沼泽》
等多部文学作品。

黑丫
诗歌